KB035267

문학과지성 시인선 **470**

연애 間

이하석 시집

문학과지성사

문학과지성사에서 펴낸 이하석의 시집

투명한 속(1980)
金氏의 옆 얼굴(1984)
측백나무 울타리(1992)
금요일엔 먼데를 본다(1996)
고추잠자리(시선집, 1997)
것들(2006)

문학과지성 시인선 470

연애 間

펴 낸 날 2015년 8월 28일

지 은 이 이하석
펴 낸 이 주일우
펴 낸 곳 ㈜**문학과지성사**

등록번호 제1993-000098호
주   소 121-894 서울 마포구 잔다리로7길 18(서교동 377-20)
전   화 02)338-7224
팩   스 02)323-4180(편집) 02)338-7221(영업)
전자우편 moonji@moonji.com
홈페이지 www.moonji.com

ⓒ 이하석, 2015. Printed in Seoul, Korea

ISBN 978-89-320-2773-9

이 도서의 국립중앙도서관 출판예정도서목록(CIP)은 서지정보유통지원시스템 홈페이지
(http://seoji.nl.go.kr)와 국가자료공동목록시스템(http://www.nl.go.kr/kolisnet)에서
이용하실 수 있습니다. (CIP제어번호: CIP2015022936)

문학과지성 시인선 470

연애 間

이하석

2015

긁어내고 덧붙이지만, 결국 미흡하다.
부끄럽고, 힘에 부치지만, 그렇다고 쉬엄쉬엄,
가는 길 놓을 순 없다.
서서 흐르는 시간을 냇물 밑에 웅크린
까만 돌처럼 느끼면서.

2015년 비슬산 기슭에서
이하석

연애 間

차례

시인의 말

제1부

새

새는 초소 위 안테나 끝에 앉아서 울기를 좋아한다.
유연하게 내려앉아 흰 날개를 접으면
구름에서 떨어져 나온 울음 뭉텅이 같다.

바다 쪽으로 엎드린 초소.

내면을 감춘 나무 그늘 아래 매복한 채
군인은 철조망 너머 또 아는 새가 날아오는지 살
핀다.

수상한 병사다.
속눈썹이 예쁜 그는 새에게 제 밥을 내준 적도
있다.

배

배를 탄 사람은
뒤를 미는
누군가의
힘을
의식하며
앞으로 나아간다.

저를 띄운
물이
저를 치대는
파도 때문에
언제나 뒤로
흔적을 남기지 못하는
떠밀린
기억들.

바람이
자도

검은 생각의

수면 위에

멍하니

떠 있는 배의

저, 내,

내밀(內密)한 용골(龍骨)의,

물에 뿌리 못 내리는

멀미.

구름의 키스

구름이 어디서든
팽창팽창
피어오른다.
그걸 올려다보는 재미로
여름을 난다.

보라, 한 구름이
여자 모양으로 목을 늘여서
구름 남자에게 뭉게뭉게
다가가는 걸.

구름 여자의 입술이
구름 남자에게 팽창팽창
닿으면
까치 부리 안처럼 단순한 남자의 안에도
뭉게뭉게
바람이 분다.

누가 내 입

핥고

간

기억처럼

내 입안에도

구름의 말이

뭉게뭉게

씹힌다.

비

골똘히,
비는 내릴 곳 향해
온몸으로
직선을 긋는다.

그 물들이
모여
원형의
웅덩이가 되면
의문의 풍경들이
명백하게,
그 안에 비친다.

구름도
한 원인으로 비치지만,
그것도 이내
말라버려
묵은 천둥의 기억조차

오래 간직하지 못한 채
희미한 얼룩만 남긴다.

오대산 바람

오대산 바람은 삼나무 높이를 흔들지만,
측량사처럼 오차를 강조하진 않는다.

그늘 무성한 댓바람의 높이는
서어나무 바람보다 낮지만,
삼나무 높이 걸린 마음까지 이르기도 하여
쉬 측량되지 않는다.

오랜만에 상원사 다녀오는 어머니의 바깥바람은
깊은 산골짜기의 정적을 삼나무 우듬지처럼 떠들
어 올리는
기도를 머금고 있다.

절 측량하는 이들 사이에 끼어 내가 탑 꼭대기의
높이를 가늠하는 동안에도
오대산 바람은 높은 것들 놓아두고 낮게 흐르는
계곡물에 스며들 때가 아주 맑다.
그 깊이는 하늘빛으로 측량된다.

빨간불

빨간
불이, 건너편에
켜져, 있다.
그 아래
한 남자가 서, 있다.
나는 이쪽 편에
서 있다.
그와 나는 마주
본다.

그와
나는 마주
보지만,
나는 약속이 있다.
빨리,
건너가야 한다.
그도 급해 보이지만,
빨간불이

켜지는 것도
약속이기에,
분을 참고
이쪽 빨간불을
노려본다.
어쩔 수
없다. 우리는
도로를 사이에 두고
마주 서서
서로
들킨
기분으로 서 있을
수밖에 없다.

파란불이,
켜진다.
그는 재빨리 건너온다.
마주 보며

건너가는 나를
그냥, 스쳐 지나가
버린다.
바람 어두운,
약속들
뒤엉킨
골목길들이
양쪽 다
환하게
열려 있다.

빨래

1

감쌌던 몸에서 묻어난 때는 지워졌어도
그 몸의 부피와 길이는 고스란히 드러낸 채 널린다.

빨래가 널린 집은 그런 정보들만 높다랗게 흔들린다.

2

빨래들은 더러운 기억들이 증발하여 제 모든 올들이 맑게 느슨해진 상태를 선호한다. 그때 비로소 바람이 저를 드나들기 때문이다. 집게로 물어두지 않으면 쉬 바람이 덧나서 창문으로 빠져 나가버린다.

3

　목욕 후 베란다에 서니, 젖은 기억의 안팎이 마르
면서 내게서도 빨래처럼 휘발되는 게 있다.
　사방에 틈이 보이고, 빠져나가려고
　바람 같은 게 내 안에서 부푼 채 펄럭대고 있다.

민들레 쓰나미

걷잡을
수
없이
쓸려와
처박힌 몸 빼내지 못한
승용차.
누가
발버둥 치다
빠져나갔는지
문들이
다 부서져 있다.
한 해 지나
붉은
녹 피워냈다.

녹슨
것들
죽음 기리는 꽃처럼

붉다.
언덕
아래 바다는
모든 걸
밀어낸
기억을 갖지만,
멀리
나앉아서
파랗게
숨 끓인다.

시간이 멈춘 땅*도
봄엔
가려운가?
방사능보다
더
강하게 폐허
긁으며

막무가내
밀려드는, 민들레
노란 꽃
치켜든
갈퀴
푸른 잎들의
쓰나미.

＊『조선일보』의 일본 쓰나미 현장 기사 제목을 인용했다.

커피인간

창가를 주로
서식처로
삼는다.
바람
싹트는 마른
화분 곁.
그러니까,
뭐든
모든
안에 자리 잡지만
눈길은
항상 밖으로
터져 있다.

……밖이 잘 보이는 안은 결코 환하지 않다. 환하
게 고요하지 않다……

그러니까

안으로
까칠하게 털을
세우고,
밖을
너그럽게
내다보면서

마신다.

커피 한잔은
그에겐
독(毒) 없는 생각의
정량(定量).
심연의 검은
사상을
추구하지만,
빤한, 창의
명백성(明白性)을 소홀히

하지
않는다.

최병소*처럼, 지우기

그는 어떠한 소식도
잘 지워버린다.
가령 신문지 같은 걸
검은색으로
덮거나
묻어버리는 게
아니라
아예 죽죽 그어서
새카맣게
만들어버리는 것이다,
지우는 것만이 자신의 권력이고
욕망이며
이데올로기라는 듯이.

나도
그를 따라
나의 것들을 지워보지만,
지워질 수 없는 게 지워지지 않도록

애써 더 지우는 마음이
낯설다.
선명한 것들은 잘 지워지지 않지만,
지우다 보면 지워진 건
쉬 어둠이 된다.
지울수록 더 선명하게 두드러지는
상처는
억지로 지우면서 낸 상처와 함께
없는 것으로 다루기
어렵다.

마침내 그 모든 걸 지우고
나면, 지워질 수 없는 것들은
지워져서도
더 캄캄한 밤이 된다.
그러면 얼마나 속이
더
어수선해질까?

온갖 꿈이 서식하는

까만

밤은

또 어떻게 지워버리지?

* 화가. 1970년대 중반부터 신문지 등에 '긋기를 통해 내용을 지워
가는' 작업을 계속해왔다.

미시령을 밤에 넘다

한껏 줄인 속도에 도리어 맘 졸이는
어둠으로 질척해진 외길을 인식하는 절벽 타기.
그렇게 설악의 숨을 죽이는 밤.

새로 난 터널로 곧장 지나가도 될 걸
누구나 꺼리는 까마득한 높이를 굳이 한밤중에 넘
어가면
후회와 주저와 막무가내의 꿈만 내내 짚어진다.

사랑 때문이라면 이마저도 괜찮겠지.
서울 간 딸네 혹여 찾아올까 봐 문 열어둔, 고개
끝 할머니의 외딴집처럼
사랑의 생각들은 늘, 이렇듯 가파르게,
외길로만 맞으려든다.

오를 대로 오른 다음의 허공에 기대
쉬 내려가지 못하는 바위 마음을
어둠 속에서 잠들지 않고 꼭, 꼭, 내다보는
꽃들의 말간 시선들.

제2부

사월의 눈

모든 게 문득, 낯 바시게 되어버린다.

투덜대던 차들은 눈이 도로의 중앙선 덮자 이내 깜깜해진다.

바깥 생각은 바람 빠진 축구공처럼 버려진다.

그렇다면 너무 일찍 제 모든 것 풀어내어 바람에 늘어뜨린 능수버들 아래서 기다릴 일도, 서럽게, 보류될 수밖에 없다.

티브이 뉴스에는 하얀 풍경들만 켜놓는다. 그 때문에 실내가 뽀로통하니 어둡다. 다만, 제각기, 빈 그릇들처럼, 생각의 개숫물 속에 잠겨, 있을 뿐.

섬

부도라는 이름의 섬이 있으리.
바람이 띄운, 바람이 피운, 바람피우는, 섬,
늘 설레어서 갯완두꽃 속 열어놓는.

늘 제 생을 흔들어대는 산부추 같은 이가
제 가장 높은 곳에 띄운 꽃 때문에 매운 멀미를 하
는 섬,
파도 위에 낳아놓은 새*의 알처럼.

그런 섬이 늘 멀리서 뒤척이며 부른다.
버스도 지하철도 떼어놓고 출렁대는 배를 타고 가
서 맞는,
지하철 옆 카페에만 줄창 앉아 있는 당신처럼
사흘 벼려 겨우 마음 내어 닿는 섬.

내 안팎 휘몰아치는 당신의 소문이 띄운 섬,
사방 흰 파도들이 만나 으르렁대며 떠들어 올리는,
바람이 피워서 갯완두꽃 속이 열리는.

* 고대 그리스신화에 등장하는 바닷새 할시온halcyon을 말한다.

나무

가파르게 서 있는 나무.
지난가을에 무성한 바람의 기억들 떨쳐버리고
망각의 비탈로 밀려났다고 여겼는데,
언제 기억 되찾았는지,
우리가 미처 발견하기도 전에,
문득 전신이 푸르스름해져 있다.

바람기가 곧 무성해진다는 걸 드러낸 게다.
우리 자는 사이 밤을 치대던 천둥.
그 환한 예언의 소리 온몸으로 맞은 어혈 같다.
그러고 보니 이월의 끝이고 삼월의 초입이다.
그러니까 나무는 절로
제 온몸의 봄을 당연한 소식으로 드러낸 것이다.
그 기세는 여름으로 이어져 무성해진다.

나는 바로 보고 말해야겠다,
나무는 모든 계절의 끝머리쯤에서
망각되거나 의심되는 게 아님을,

언제나 그렇듯 나무가 선 그곳이
모든 계절의 출발점인 것을,
나도 그렇게 비탈에 서 있음을.

수허재(守虛齋)
— 동화천에서 주운 돌에 부쳐

없는 걸 지키는, 텅 빈 걸
지키는 집은 사방이 절벽이어서
허공이 안마당이다.

봄날

또,

나만 밝혀든다. 저 꽃,

높이로만 설렌다.

갓 피어나 황사 속 고개 쳐든 채

부는

가는 목의 바람 소리.

그 소리의 언덕을 넘어가는

갈기 수런대는 말.

달

고드름이 새로 언다.
초저녁 처마 끝 벼리는 초생(初生)의 칼.

동강할미꽃

동강 거울이 밝혀

올리는

금당(金堂).

늘 아득하니 바람 절벽에 세워지는

뉘에게든 곧장

아찔하게 부신

팔작지붕의 단청.

하얀 어둠

눈이 두텁게 쌓여 있다. 안개까지 짙다. 모든 경계의 선이 지워져 있다. 다만 눈과 안개로도 지워지지 않는, 눈과 안개의 그늘처럼 숲이 있다. 그 안에서 범이 내다본다. 하얗게 숨어 있다.

범은 안개와 눈의 흰 어둠 속에 서식한다. 하얗게 숨어 있다. 제 긴요한 살기마저 낯선 그늘처럼, 숨기고 있다. 하얀 밤을 물어뜯지만, 어디까지나 숲 안의 가쁜 호흡일 뿐이다.

누가 조심스럽게 숲으로 걸어 들어갔다가 되돌아 나온 길이 하얗게 질려 있다. 어둠을 파 뒤져놓은 저 눈길.

가끔 총성이 하얀 그늘을 가른다. 사냥꾼들의 짓이리라. 나는 또 내 안을 물어뜯는 짐승 소리를 듣는다. 그리고 늘 그쯤에서 나의 겨울은 끝나버린다. 눈이 사라진 자리마다 온갖 삶의 그늘이 더 짙어지지만, 안개는 자주 되살아나서 골짜기 돌아다니며 다시는 못 보여줄 듯 또 휘장을 친다. 나는 점점 더 몹쓸 그리움으로 바랜 그늘을 갖는다.

　숲에 가면 범이 물어뜯은, 하얀색의 어둠을 가져오지 않으리라.

이미 알고 있는 것들에 대한 무지

어둠이 깃든다.

수만의 푸른 고기 떼 두근대는 나무에, 나무가 열어놓은 낯선 꽃들에, 꽃 속 수런대는 비밀스런 우물에 하루가 저문다.

꽃에서 꽃으로 이동하는 것들의 길들이 저문다.

다만 사랑의 기억만이 잉태를 꿈꾸는 시간.

이미 누기진 숲 저 안에선 어둠이 알을 낳아 굴리는 소리.

바람이 부화를 돕자 달빛도 흔들리며 무늬져

숲 전체가 푸른 산고로 흔들린다.

불모의 숲 밖은 갖은 불빛들로 밝게 저문다.

나는 숲으로 드는 바람길을 타 넘지 못하고, 도시에서 나와 저무는 길의 이정표에 기대어서 밤을 맞는다.

이미 알고 있는 것들에 대한 무지로 뒤척이는 밤.

숲 안의 어둠이 부화한 새들

날아올라
달 켜든 하늘 덮는 게 보인다.

봄색(色)

대지가 제 속의 분홍색을 다 토해놓았나?
청도의 봄은 곳곳마다
어질어질 분홍색도 가지가지.

하야스레붉으죽죽분홍 산길.
보라스럼밝으레연분홍 무덤.
파르므레붉으노르끼리분홍 마을.
달콤맵싸레연두비스무리분홍 밭머리.
어디든 죄지어 흔들리는 마음의,
거므스레하야스름분홍 꽃나무들.

저 한참 더 흔들리는 분홍 일색(一色).

제3부

새4

　새는 사투리를 쓰지 않는다고 했더니, 새도 사투리를 쓴다고 조류학을 들어 말하는 이들이 있다. 서로 떨어져 살면 당연히 그렇겠지. 그렇더라도 나는 새들의 지저귐에는 제 새들에게만 트인 귀가 1백 퍼센트 있다고 믿는다.

빈집

문이 부서져 있다.
물론 닫을 마음이
없다.

축대 아래 마당은 바랜 기억들
무성하게 덮여 있다.
축대의 돌들이 얽어 짜고 있는
침묵의 구조는
바람만이
그늘진 표정으로 읽어낸다.

축대 사이 캄캄한 속 내보이는 수구(水口).
뒤꼍의 우묵한 데 고인 물이
그리로 해서 빠져나갈 때는 늘 어둠이
물을 씻어놓는다.

바깥이 내다보이는 문의 부서진 틈으로
아무도 들여다보지 않는다.

집 안 구석구석 숨어 있는,
어둠의 끈들로 묶인 틈들을
바람이 덜커덩대며 흔들어보지만,
봉창부터 여미는
풀 넝쿨들의 교묘한 그늘의 직조를
거미들이 재빠르게 마감해놓는다

새5

가로수 속 울리는 새소리에
꺼내보니
휴대폰이 꺼져 있다

거미 시론(詩論)

제 안

여미며

읽는 바깥바람.

그리하여 제 방적돌기 가동해서

뽑아낸

실을

바람에 띄우면

그 실의 촉수가 닿는 곳에서

제 몸까지가

집

설계의

지름이 된다.

거미는 그 한 가닥

지름에

몸을 실어

아슬아슬하게

오가며

집을 짓기 시작한다.
팔방으로 그은
지름을
둥글게 엮어내는
그
촘촘한
그물은
허공을 걸러내는
허기의
구조다,
마치 시의
행간이
시인이 불어내는
숨으로 얽어
짜인
함정이듯이.

그물의

집이 허공의
꽃같이
피어 있다,
협각을 감춘 채.

시도
허공에
꽃처럼
피는
위험한
말의 그물이라서,
그 그물에 무엇인가가
걸려들면
도리어
시인의 온몸이
흔들리며
제 집이 찢어지는
소동을 겪는다.

고양이 필법(筆法)

까만 고양이는
재 속 불씨처럼
피어선,
캄캄한 속에서 살금살금 기어 나와
눈이 또렷해진다.

내가 늘 경계하는 밝은 속에
숨어 있는 어둠이
그의 이동 통로다.

어쩌다 그 통로를 벗어나
화선지 같은 밝음 속으로
재빨리 내달려가면
먹물 잔뜩 머금은 붓질이 지나가는 것 같다.

고요히 웅크렸다가도 문득
휘익—
발톱을 드러낸 채 지나가버린 뒤에는,

언제나 긁힌 마음의,
허공의 여백에
먹물이 튀어 있다.

산길

큰 짐승처럼 으르렁대는 눈사태가
산 밖으로 난 길을 자주 막는다.

두터운 눈 위를 느슨하게 헤쳐놓는
사람의 발자국들.

그 발자국들과 어긋나게
상한 속 달이며 복잡하게 얽히는
숲 속 짐승 길들.

그중 어떤 길은
짐승 쫓는 이의 생애처럼
골짜기 아래로 심하게 기우려져 있다.

제야

나무는
제 밤을 어데
풀어놓지
못하고,
수천의 등들
매단
밧줄에
결박된 채
그 밧줄
제 온몸으로
켜서
깜박대나?

내놓은 길

각자 바람 가두고
사는
아파트에도
정원에,
굳이,
담배 피우는 시인에게 내놓은 듯한,
바깥으로
트인,
길이
있다.

내가
넘보는
그 길을
자주 앞질러 달려가는
소낙비.

여름 내내

허둥대는 내 생각

넘고 가는

자벌레의 길을

지울 수 없어

두근거리는

천둥.

제비꽃에 대하여

아파트 화단의 고양이 무덤.
겨우내 눌러놓은 돌이
들뜬다.
들여다보니
흰, 자줏빛 환생의 힘들
앙칼지게,
제 봄 피우려 서로, 막무가내,
밀어 올리고 있다.

우포늪 백일장

햇빛 노랗게 피운
수생 식물의 꽃 아래는
축축한, 어두운 설화들의 서식처다.
온갖 생각들의 뿌리들이 얽혀 있다.

물 밖에 핀 꽃의 그늘 뜯어먹고 사는 우렁이는
가장 슬픈 설화의 주인공인 양
그 밑바닥 어기적거린다.
진흙 위에 마침표 없는 산문을 길게 적는다.

물거울의 빛과 그늘로 얼룩진 채
나도 그 어룽대는 이야기 받아 적는 척
겨우 짧은 시 한 편을 써낸다.

말

── 이제하

1

봉긋하니,
푸른 젖 붙은 언덕.
말이
구름빛 풀을
뜯어먹는다.

2

언덕 아래 사방으로 관대해진
들판에, 말이
구름빛
풀을 뜯어먹는다.

3

어디에서든 말귀 밝은
말이
귀 세워
서 있다.

벗은
여자들이
귓속말
소곤대는 집 안에도
마구
놓아갈 네 다리
으스대며
바깥
동물로서,
말이
안으로

귀 세워

서

있다.

가객(歌客)

작은 새 온몸을 불어
흔드는 숲의 무성한
귀들.

제4부

시

목장갑 낀 채 쓰는, 겨울엔 고구마 굽는 시가 더 당기겠지.

두 풍경

1

거대한 건물
아래
나무가,
뾰로통하니,
서 있다.
아무리 자라도
건물의 아래층 높이에
불과한
우듬지를
더 높이려고
언제부턴가 발뒤꿈치를 들고
서 있다.
아직도, 전혀,
덜 푸르지 않다.

2

그 나무가 세상에서 제일 높이 선 마당과 제일 낮은 집이 있었다.

거기 살았던 아이가 나무에서 발을 떼지 않으려고 낑낑대는 강아지를 끌어당긴다. 전혀, 못마땅한 얼굴이다.

강아지는 나무에다 여전히, 제 경계 표시를 하려고 버둥댄다.

수달

한밤중, 물이
깬다.
첨벙!
암갈색 털 속에 묻힌
작은 눈이
떠지고,
둥근 물살이
휘둥그레진다.

우리 시선 밖의
구석에서부터
되살아나
확대되는
저 원상의
파문.

수달이 깨워 보이는
물 깊이의

표면의
환한
돋을새김 태극무늬.

쓸어놓은 절 마당처럼,
수달은 시인의 내면 깊이
잠행하다 나오듯
수면 밖으로
부신
모습 나타낸다.

한밤중에야
도시 바깥으로
서서
차로 변의 수달 조심 표지판이
물살처럼 설렐 때
거기 기대선
내게도 뒤 어둠이

살아 있다고
물이 연신 소리를 낸다.

첨벙!
첨벙!

두 채의 성단(星團)

금당 앞 쌍 탑으로 선 두 그루 늙은 산벚나무들. 그 꽃들 만개하여 매년 한 번은 운홍사*의 속살을 환하게 지핀다. 그때 절 마당 하늘은 아득히 성단을 펼쳐놓는다. 올려다보면, 꽃들 속마다 젊은 별들 피어 있다.

꽃잎들 바위 위로 뭉쳐진 생각의 아래로 떨어져 내린다. 아무도 쓸지 않는, 바람에게만 맡겨두는 저 가비야운 이별의 몸짓들. 다만 벚나무 가지에 별들은 끝까지 붙어 남아서 찬란한 기억의 열매가 된다.

시인들이 때맞춰 나무 아래 시화들을 늘어놓지만, 떨어진 꽃잎같이 시나브로 바람에 뒤집히고 뒤틀린다. 시 읽는 소리도 펄럭대기만 한다.

바람, 바람, 검은 팔작지붕 대웅전의 꽃살문 새어 나오는 불빛 치대는 바람기에 꽃잎들 하르르 하르르, 벌겋 치는 내 쪽으로만 붙린다.

* 달성군 가창의 운홍사 마당에 산벚나무 고목이 두 그루 있다.

참꽃산

비슬산은
진달래를
피우는
산.
산마루 넓게
열어
울컥,
꽃불 지피면
산그늘 진
뭇 삶의 상부(上部)가
화안해지네.

그래,
내가 비슬산 기슭에
살아서
참꽃 피는
산을 갖네,
우리가 뭐든 서로의 것으로
꽃 피는

산을,
내
꽃으로 너를
부르는
산을,
네 꽃으로
와서 내 꽃밭이 되는
산을.

그래, 내가 비슬산 기슭에
살아서
분홍빛
화사한 높이를
가지네.
그래그래,
비슬산은
진달래가 피우는
산.

숲

　사람들 숲에 들자 그늘 속 어룽대는 햇빛으로 문
신을 한다. 금방 서로 부시게 바뀌는 얼굴들. 그러나
이내 몇 잔씩 저마다의 생애의 상처 속으로 들이붓
는 막걸리들이 그 얼굴들을 붉게 발효시킨다.

애일당(愛日堂)*

참빗으로 빗어
넘기는 양
강물 소리
가지런하니
어둡다.
그 위
종이배처럼
들뜬 채
젖어
후줄근하게 흐트러진
잠에
빗소리가
구멍을
숭숭
뚫어놓는다.

장대비는
채 거두어들이지
못한

생각들을
맑게 만들고,
강물 소리를 더
조밀하게
직조한다.

번개가
오래된
애일당을 한순간
환하게
드러내지만,
이내 그 안에
모로 누운 나를
더 깜깜한
잠 속으로
가라앉힌다.
그 깊은
바닥에
번개가

치댄
자국을 빗질하는
비.

애일당이
댐물 밑
치대고
올라왔다면,
내 잠과
꿈은
그 물 들어오기 전의
밑바닥
어룽지는 햇빛을
숨아낸 것.

* 안동시 도산면 가송리 낙동강 가에 있는 농암 이현보의 별당이
다. 원래 분천리에 있었으나 안동댐 건설로 옮겨졌다.

태풍의 길목을 지키다
── 황학주에게

급하게 내려가는 비탈길이 뚝 끊기는 곳.
마침표처럼,
오도카니 웅크리고 있다.
바다와 부딪치는 뭍 끝의
생각 밖인 듯 엎드린,
한반도로 드는 태풍이 꼭 이곳 지나간다는,
그러니까 태풍의 길목을 다잡고 있는 집.

태풍이 올 때 집주인은 어떻게 맞설까? 그래, 태
풍이 엄습한다는 소식으로 한반도 전체가 긴장하면
비로소 서울의 집 떠나 설레며 이 집으로 오겠지. 광
주까지 고속철 타고 와 습기 많은 친구들과 노닥거
리다가, 늦은 오후에 버스 타고 고흥읍에 내려선 또
한잔하고, 거기서 버스나 택시를 타고는 바닷가로
난 길을 구불구불 지나 산비탈쯤에서 동그마니 내
려, 수평선 위 웅성대는 구름 보며 다시 급한 비탈
걸어 내려가서 철석대고 푸득거리는 파도를 타는 마
음으로 집에 들겠지. 바다 내다보며 돌처럼 웅크린

채 태풍을 기다리겠지.

　마침내 폭발하는 구름
　아래로
　폭우 퍼붓는다.
　번개가 비추는 곳으로
　바다를 끌어 올리면서
　거대한 바람의 군단이
　밀려온다.
　그럴 땐 해일의
　일렁임
　느끼며
　거대한 바람 길목
　단단히 다잡고
　돌처럼
　굳은 마음
　안으로 조일 수밖에 없으리라.

태풍이 지나가면 그는 집 밖 여기저기를 수선한
다. 그런 다음 내륙으로 치달아간 태풍의 뒤를 쫓아,
광주에서 다시 고속철 타고, 구름의 폭발에도 끄떡
없는 거처가 또 있다는 듯, 철벅대고 푸득거리는 파
도를 타는 마음 꼭꼭 접어 서울로 되돌아간다.

울산 바다

고래들이
추스르고,
흔들어대어
울산 바다가
퍼덕인다.

사람들이
부두에서 만나고
헤어지는 걸
깊은
눈으로
내다보는,
그 젖은 시선이
해안으로
밀려들어
울신 사람들의 마음이
파도치게 한다.

고래가
부두에서 노역하는 이의
굵은
팔뚝 너머로
물을 뿜어
올리는 건
제 속이 세상에서
가장 깊고
큰
바다임을
뿜내는
게다.
그렇게 늘
울산 사람들의
바다의 꿈이
게워내진다.

무지개로 뽑아

올려진다.

향유고래만
두고
봐도 알 수 있다.
깊은
바닷속 어둠
삼켰다가
토해놓는
용현향 물결로
울산 사람들의 꿈의
항해가
향수바다
위
짙푸른
멀미로
쩔어 있게 한다.

제5부

현풍장

낫, 호미, 삽, 칼, 드라이버, 망치, 뺀치, 그리고 양
동이, 물뿌리개, 연탄난로, 디지털 키, 도어록 등 온
갖 철물들을 자신의 전 생애처럼 양지쪽에 널어놓은
김 씨. 평생 장바닥 떠돌아다녔지만, 결코 자신을 다
드러내놓은 건 아니라며 너무 밝은 대낮을 돌아앉아
있다. 시장 한구석에서 독 파는 심 씨가 심심할 때마
다 독 안에다 제 속 비워내는 목소리 우렁우렁거리
는 걸 참 푸짐한 소리라며, 그래도 자신의 속까지 다
게워내어 팔아선 안 된다며, 파장 때까지 제 그늘 밟
고 앉아 녹슨 철물들처럼 불콰하게 버틴다, 내가 펼
쳐놓은 김 씨의 철물들 가운데서 햇볕에 잘 익어 참
따뜻한 것 하나를 골라낼 때까지.

태종대 굿당

절벽 길 내려가는 할머니.
지네 같다. 온몸이 발이고 손이다.
어깨로 바위 틈새 비집고 디디며 배와 등으로 굴
신굴신 내려간다. 온몸으로, 다, 확실하게, 진행한다

온몸으로 닦은 길 끝에
할머니가 촛불부터 켜놓는다.
일렁이는 환한 느낌표.
파도는 그 느낌마저 타고 오르려고 으르렁댄다.
그 파도 손님도 잘 맞으려는 듯 할머닌 절하고 절
한다.
"용왕신아, 용왕신아!"

할머니는 또 굴신굴신 온몸으로 길 문지르며 절벽
올라간다.
지네 같다. 온몸이 발이고 손이다.
올려다보니 그 길이 탑 상륜부같이
하늘로 아득히 이어져 있다.

부석사 무량수전 앞 석등

어디든 몸 붙인 곳에서 삶 가닥가닥 뽑아 올려도
그늘의 잔뿌리들 많아서
무량수전 앞 무량수 비는 날 잦은가
석등에 등불 켜듯 절하는 어미들
석등 아래 어른대는 그 아들딸들의 도망가는 그림
자들

연꽃 받침 위 화사석(火舍石) 사방 창에 불 켜면
네 모서리 장엄하여 피어난 보살들이 잘 빚어내어서
우련하니 귀꽃도 밝혀 드는

석등의, 오래 한 데 덥혀 서는 꿈

그 맑은 등의 심지 돋우어 돋우어
무량수전 무량수불이 무량무량 큰 광명 우려낸다,
부모 잃고 한밤중 문득 깨어나 스스로 지옥의 중
심에 앉아 있는 걸 느끼는 나까지
비로소 그 빛 쬐어 먼눈조차 훤해지는 듯.

매화우(梅花雨) 서사
── 정태경의 그림에 부쳐

대봉1동은
재개발 얘기로
기우뚱한
도시의
섬
동네.

동네 기슭
파도치는 건
박 씨의 바다 같은
주정이지만,
박 씨가
동네 지붕들 위로
뽑아 올려
피운
매화가 부리는
바람기도 볼 만하다.

그 매화 환하게,
질 때
온 동네에 매화
우 매화우
매화우가,
덧정 없이,
내린다.

펄펄펄
내리는 꽃비는
김 씨 집 마당부터
울퉁불퉁
적신다.
동네 전경 휘어져
비치는
세탁소 유리창을
애타게 두드린다.
슈퍼 평상에도 하늘하늘

내려
온갖 계산을
방해한다.
동네 앞 퍼런 내에
낭자하게 떨어져
소문의
파도
지어낸다.

순이네 마당에
내려앉으면
순이가, 그만,
죄, 죄, 하며
발끝 오므린다.
그 꽃잎 눈에도 밟히는지,
갓 이사 온 새댁이
깁는
추억의 실밥은

엉켜

사뭇 옷이 틀어지고,

오래된 세탁소에서는

더럽혀진 기억과 상처가

잘 다려지지 않는다.

마침내 온 동네가

흠뻑, 꽃비에

젖으면

골목마다 꽃잎들

제멋대로 쏠려

주민들의 교통사고가 잦다.

지붕 색깔들

꽃물

들어

그 아래 사는 이들 미래가

불분명해진다.

얼마나 꽃잎들이

때려댔는지
헌데 같은 검은
딱지들
덕지덕지한
창고 건물도 비뚤어져
문짝이
어긋난다.

그러다,
그러다
바람
다 잔
뒤
그 많은 꽃잎들 자취
찾을 수 없으면,
박 씨가 몰래 거둬
고물상에 떠넘겨
그 돈으로 또

술 마셔버렸다는
소문이
돈다.
섬 동네의
취한 봄이
그렇게 가버린다

방천시장의 봄

대구 중구에서 봄을 제일 먼저 파는 데는
당연히, 방천시장 입구다.

겨울의 끝에서 먼 데 할머니가 캐 와서
새삼, 수줍수줍 펴 보이는
냉이의 봄 뿌리가 파라니
희다.

어떻게 한 웅큼 쥐어주든 천 원을 안 넘어,
아무도 못 깎는
절대의 봄값.

시장의 아침 그렇게 열어놓고 일찍 장사 끝낸 할
머닌 또 손주 밥 먹일 때라며 서둘러 버스로 돌아
간다.

시장통 입구에
종일 밝게 남아 있는,

할머니 냉이꽃처럼 앉았던

봄 성지(聖地).

엉겅퀴

재개발한다고 뜯은 자리마다
엉겅퀴들이 세우는 가시.
쫓겨난 마음의 터에 맨 먼저 자리 잡아
피우는 사나운, 보랏빛.
"그래, 여긴 너희들 땅이 맞다"고, 아버지는 말
한다,
거기 걸쳐둔 한 발을 빼려고 용쓰며.

제 씨앗들 바람길에 태워 보내는
그것들에게 폐허란 없다.
우리가 버린 곳마다 곧 떼 지어 사나운 생들 드러
낸다.
그게 아버진 부러운 게다.

가끔 잠궈놓은 폐허 속에서
마른 나뭇가지들 걷어와 불 피운다.
꽃 채로 마른 엉겅퀴의 불꽃이 내처 부윰하다.
쫓겨난 이들이, 세상 밖에, 모닥불 피워 둘러앉는

밤에는

　제 살던 폐허 쪽이 더 어두워서

　불도저 바큇자국 선명한 흉터에도

　엉겅퀴의 잠이 나쁜 꿈처럼 사납게 일어서 있다.

　재개발 진척이 늦어 영영 떠나버릴까 망설이는 아
버지와

　엉겅퀴 꽃 미워하는 나의 밤이 함께,

　닫힌 폐허 속 들락거리며 보랏빛 꽃 아래서 짝 부
르는

　살쾡이의 울음에 긁힌다.

수북수북

참나무가 잎들 떨구어선 제 뿌리 수북수북 덮는다.
그게, 요즘 내가 읽어내야 할,
가장 두터운 가을사상서의 두께다.

별밤

평생 밭일해온 어머니를 오랜만에 찾은 시인이 하늘 보며 "와, 여긴 별들이 많네요!" 하자, 어머니는 "시인이 어째 그 정도밖에 안 돼? 적어도 이쯤은 말해야지"라며 목소리를 챙긴다. "아이고 무시라, 별밭이네!"

밥

　마음은 더운밥 묻어둔 이불 같다. 늘 부풀어 오른
채, 바랜다.

　밥 먹으러 오지 않는 이 기다려 60년 넘도록 매일
아랫목에 묻어온 고봉밥을 헛제사상에 올려놓고 대
문 열어놓은 채 지내는 밤이 아직 식지 않고,

　괜히, 어둡지 않다.

가창댐*

1

그 많은 이들 몰래 죽임 당했어도
애비로서의 죽음을
그 아들딸로서 거두는 한
모든 게 망각되어버리진 않는다.
사랑의 힘이라면 또 제각기
세차게 살아 남긴 게 있기 마련이다.
합동 제사 지내는 유족들의
한여름이여.

2

갇힌 물은
소용돌이친다.
폭우로 넘치면 큰물로
골짜기 소리쳐 빠져나간다.

애비로서의 죽음을 그 아들딸로서 거두는 한
저렇듯 퍼렇게 살아내야 하리라.

3

푸른 하늘 아래 용수 덮어쓰고
애비는 마구 실려와 이 골짝에서
총 맞아 죽었다.
그 캄캄하게 파묻히고,
다시 질척하게 수장해버린
역사의 수면에
수척하게 떠오르는 아들딸의 얼굴들이여,
애비로서의 죽음을 그 아들딸로서 거두는 한
늘 새로 되새김되는 기억들 휘젓는
바람이
제사상 흔든다.

4

애비로서의 죽음을 그 아들딸로서 거두는
그 모든 게 쌀과 밥 때문이라면,
그래, 이 댐의 물에 호미 씻어
죽음 가시고
삶도 예리하게 낫을 가시는,
언제나 새로 이 물 제 논에 끌어들이는 이는
모진 사랑의 힘 되지피는 게 분명하다.

* 대구 달성군 가창골 일대에서 한국전쟁 당시 보도연맹원을 비롯
해 대구형무소 재소자와 양민 들 수천 명이 집단적으로 학살됐다.
학살 터는 이후 가창댐으로 수몰됐다.

대가야인들

들판이든 노래방이든
달리는
관광버스 안이든
흔든다.
마이크로 부풀어 오른
붉은 입술들의
술 센 노래들

대가야인의 후예라 할 만하다.
들판 열던 아버지의 힘과 악착을 거기서 본다.
가야산 신과 하늘 신을 부모로 나라 일으키던 기
운 그대로,
철광 불꽃 지펴내던 풀무 바람 그대로,
가야금으로 천지 기운 추스르던 어깨춤 그대로
그들은 노래로 마구,
삶의 텃밭을 갈아엎는다.

변한 땅 지킴이의 맏형이었던 때

낙동강과 남해 접고 누볐던 그 기운 여전히
뜨신 몸으로 출렁대는 것이다.
이 아득한 노래와 춤이
신록처럼
대가천 여울처럼 왁자지껄하게
여전히 가야산과 하늘 신이
맺어서 피워내는
혼인같이,
서로 불러내어 얽혀서.

사람들

흐린 영상들 속 부유하니
명멸하는 얼굴들.
들여다보면 점점 더 또렷해지는 눈초리들이 깊다.

한 사람 한 사람 불러본다.
우리들 삶의 원적을 그들의 이름으로 떠올려 복원
해내는
슬픔에 대하여 상처에 대하여
냉정할 수만은 없다.
그들은 늘 뜨겁게 정면만을 드러내 보이고 있다.

그들이 온몸으로 드러내는 정면이
우리 근대사의 측면이며 이면이다.

새삼 보고 또 본다.
상처의, 연민의 표정들이여.
낯익은, 낯선, 아버지의, 어머니의 얼굴들이여.

그래 상처와 연민이야말로 우리 근대사의 자궁이다.

그 모태 안에서 자라 사람들이 비로소 고개를 쳐든다.

나무처럼 각각 독립적이면서 또 서로 우거져 이뤄지는 무성한 숲이여.

결코 텅 빈 말이 될 수 없는,

우리가 꼭 불러내 세워야 할 이들의 빛과 그늘이여.

붉은 강

수많은 주검들이
뒤엉킨 채, 뒤척이며
떠내려간다.*

저 주검들은 누구에게 풍성한 수확**물인가?
하나, 하나 꼽으며, 세어보는 이들이
피로 오염된 수면에 일렁이며 비친다.

강가에서 서로 사랑을 고백하다
조선인이어서 바로 맞아 죽어 둘이 함께 내던져졌
다면,
강이 크게 당황하여 텀벙, 거렸겠지.

지금도 여전히 흐르는 강의
파도 주름 속으로 떠오르는
원망의 눈들, 눈들이
내다보는
도쿄 시가지와

도쿄 사람들의
저 외면(外面).

수면에 붉게 일렁이던 광기의 그림자들
그 후예들이 자기들만의 사랑을 위해,
용서도 구하지 않은 채,
더 맑은 물이 흘러야 한다고
지금의 강안(江岸) 풍경을 그려낼 수 있단 말인가?

* 1923년 9월 큰 지진 후 도쿄 일원의 간토 지역에서 일본 민간인
과 군경 들이 조선인들의 폭동설을 퍼뜨려서 조선인 6천여 명을 총
과 칼과 죽창으로 무참히 학살했다. 학살이 최고조에 달했을 때 도
쿄에 흐르는 스미다 강과 아라카와 강은 내던져진 엄청난 시체들
로 인해 핏빛으로 물들었다.

** 티모시 H. 오설리번이 자신의 전쟁 사진에 붙인 '죽음의 수확'
이라는 제목을 차용했다.

전어(錢魚)

　서유구는 전어를 두고 "사고자 하는 이는 돈을 따지지 않는다"라고 했다. 특별난 맛 강조한 말이겠지만, 보기에 특별하지 않은 고기를 구워 먹는 자리는 그리 비싸지 않은 밤의 뒤꼍이다. 허름한 선술집에서 친구는 어물전에서 사온 전어를 주모에게 구워 달라서 안주로 삼지만, 소주 마시는 속도가 전보다 빨라졌다. 구조조정으로 직장을 나와 내게 돈 얘기를 하지 않으려 안간힘하면서도 고기 이름에 돈 전자가 들어간 이유를 이해한다며 전어 속의 미세한 가시를 연신 발겨낸다. 민물과 해수가 격렬하게 만나는 강 하구에서 상류로의 꿈 지피며 지내다가 가을이면 다시 파도 작은 만에 들어와 겨울을 나는 전어처럼 그는 내게 와서 새삼 전어 몇 마리 구워 달랑 안주로 벌여놓고 얼마나 먼 데로 스스로의 마음을 구조조정하며 꿈을 구조조정하며 소주병을 따는가? 그렇다면 나는 당연히 술값을 내야 하고, 만처럼 잔잔하게 뒤척이며 그와 함께 흔들려야 한다, 전어의 잔가시 많은 불그스레한 속살 헤적여 보이는 친구의 오랜만에 꽤 부유한 취흥도 소주로 계속 지피면서.

가을

꽃 앞에서 웃음 짓는 이는
제 자신을 그리워하는 게 아닐까?
내게도 꽃 시절 있었다고,
열매는 없었지만, 그래도 그건 그 다음의 문제였
다고,
도시의 장날, 거대 아파트 코스모스 화단 두른 축
대 아래까지 밀려와 전을 편 할머니는
자꾸 코스모스처럼 흔들리며 웃는다,
이젠 별것 별것 다 판다며.
어디로건, 누구에게나
수줍게 환한 날.

눈 내리는 저녁

대구탕을 저녁으로 시키고
우선 입가심으로 붕장어 회 한 접시와 소주 몇 잔.
양상추와 미역 조각 들 버무린 위에 얇게 썰어놓
은 회는
잘게 다진 청양고추 한 숟갈에 고추장 듬뿍 뿌려
서 섞는다.

붕장어의 깡마른 맛이 씹히고, 술이 몇 순배 돌면
저마다의 삶에 대한 정치적인 계산도 쉬 이루어지
고,
그다음 대구탕이 환하게, 나온다.
밥은 제쳐놓고 국물부터 마신다.
술기운에다, 그걸 창밖의 어둠과 섞어 마시는 이
도 있다.
알과 살점 들 부유하는 국물은 뜨거울수록 시원하
다는 편이다.

실내엔 총선을 앞두고 이전투구 양상을 보이는 정

치 얘기들이 자욱하고

창밖에는 삐라처럼 분분하게 날리는 게 있다.

나는 대구탕이 피어 올려 김 서린 창을 손바닥으로 그어서

갑자기 눈으로 환해진, 캄캄한 밤을 내다본다.

후륜구동이라 눈이 오면 내 차는 젬병이다.

시 외곽 지역은 이미 눈이 쌓였을지도 모르겠다.

그렇게 되면 시내에 갇힌 신세라 어쩔 수 없이 여관에서 자고 가야겠지.

정치도 이런 낭패스러운 일이 가끔은 있었으면 좋겠다.

옆자리 사내들의 정치 얘기도 폭설 기운에 주춤해진다.

그래도 곧 정치 모리배들이 명함들을 들고 찾아오리라.

대구탕은 그런 날 더 시끌벅적하게 끓여지리라.

모든 정치는 내게 확실한 편을 요구하지만,

술버릇 나쁜 이의 끊임없는 원샷 요구와 다름없
는 것.

그러면 나는 슬며시 바다로나 나가듯 어디에로든
나가버려야 하리라.

미안하고 미안할 뿐이다.

어쨌든 붕장어와 대구의 바다를 위해 원샷으로 건
배를 하고 싶다.

대구탕 휘젓는 누군가의 어깨 위에 쌓이는 눈이

제 가슴 안쪽으로 어군(魚群)의 진행처럼 쏟아져
내리는 걸 내보이는 이 있다.

소주로 지핀 그의 바다가 또 깊은 데서 결빙한다.

제6부

낙엽서(落葉書)

도심 광장에서 4대강 사업 반대 시를 읽는데
낙엽들이 날아온다.
비 뿌리는 데로, 우레도 치는 저녁.

목소리 높여 시를 읽는데 낙엽들이 날아와
중앙파출소 앞 작은 광장을 기웃댄다.
천막 안 날아들어 행사용 음향 기기를 긁어댄다.

근방에 선 나무들이 바람 우체부 편에 보낸
응원 메시지 담긴 엽서들일까?
그렇다면, 저것들이야말로 늘 가장 읽을 만한 것.

　그래, 한 데 시 읽는 곳으로 작지만, 아름답게 잘
물든
　자연의 위문편지들이 온다.
　제 뿌리 덮듯
　우리 언 발들 덮어주러 온다.

야적2010829

강 긁어 쌓는 모래산.
급경사를 이룬다.
강바닥 냄새와 함께 모래산 위로 들어 올려진 자
갈들은
자꾸 아래로 굴러 내린다,
모래 속에 얼굴을 숨기며.

오리섬* 에워싼 모래산.
꼭대기 높아도
도요새는 전망대로 삼지 않는다.
제 무게조차 지탱하지 못하고 흘러내리기 때문이다.

섬 드나들던 고라니와 철새들은
이미 자신들의 삶의 고샅길과
그늘들을 감추어버렸다.

강물 속에는 맑은 거울이
깨어져

있다.
거기 구름의 얼굴이 산산히
부서져 있다.

새벽잠 깨어 강가에 가니,
밤새 떠올려진 많은 꿈들이
강 가로질러 촘촘하게 박아놓은 길쭉한 강판들에
비닐처럼 걸려 펄럭인다.
이제 아무도
아무것도 제대로
흐르지 못하리라.

* 낙동강 상주보 부근의 모래섬이다.

객귀 이야기

잠이 오지 않는다.

머리가 아프고, 온몸이 얻어맞은 듯 저리다.

그런 증상이 오래간다면 객귀에 걸린 게다.

내 몸을, 정신의 갈피 속을

누가 들어와,

끊임없이 뒤적이는 것이다.

.

그래, 내 안에 손님이 온 것이다.

어디서 만났더라?

살아생전 별로 친하지도 않았는데

어느 틈에 내 몸을 서식처로 삼았나?

시인의 몸과 정신의 세간살이가 불편하면

말도 아플 수밖에 없다며,

그래도 트인 말 가다듬어서 손님 잘 타일러 보내

야 한다고

무당은 말한다.

시는 접신의 한 형태라지만,

한 시인의 몸과 정신 속에 찾아와 눌러앉은
저 저승의 손님을
무슨 시의 말로 달래서 보낼 수 있나?

굿 대신 어머니가 객귀 물림을 해준다.
어머니는 뭐든 깨끗이 씻는 말로 칼을 던져
그를 문 밖으로 밀어낸다.
그가 물러나 거짓말처럼 몸이 개운해졌지만,
내 안이 새삼 공허하니 웬일?
끝까지 그를 달래지 못한 내 말은
더욱 외로움을 앓는다.

바다의 해산

　서해는 온갖 너울 뒤집는 말로서도 뭐든 낳아놓
는다,
　끓는 속 밀어낸 파도로 해변 노니는 이들 어머, 어
머, 하며 뒷걸음질 치게 하면서도,
　우리가 찍어 포개놓은 발자국들 순식간에 지워버
리면서도.

　그렇게 제 가장자리를 내처 긁어대면서도
　솥의 바다 가득 미역국처럼 끓어 넘쳐서
　그 국물 넘지 않게
　해안선을 언제나 멀리 둘러친다.

　그러니까 미역국처럼 끓는 바다는
　애 낳는 새댁이 고함치며 퍼덕여서 끝내 거뜬히
몸 풀어내는 것처럼
　젖은 제 속 피워내기를 게을리하지 않는다.

　아내의 해산기에 맘 졸인 채 조심스럽게 바다 밀

며 어선 몰고 나온 사내는

　빨리 돌아오라고 파도 끈 당기는 아내의 손가락
힘 느끼며

　미역국 가득히 끓는 솥의 바닷속에서 퍼덕이는 무
지개만 건져 올린다.

　수평선 너머 구름이 김처럼 피어오르고,

　마침내 파도의 지붕 위로 으앙! 아기 울음 실린다.

휴대폰

전철 속 젊은 얼굴들 파란, 밝은 빛 어룽져 있다.
휴대폰 들여다보며 나를, 서로를, 본다. 나는 외면.

시인
─화가 홍창룡에게

의자 위에는 늘
구름 뭉텅이가
앉아
있다,

곧잘 비
머금어
물렁물렁해지는,
천둥이,
봄의 우레가
그 안에서
웅성거리는.

매화 무늬진 필리핀산 수석을 얻다

이월 천둥이 흔들어야
속 여는 게 매화라지만,
이건 열대의 끓는 파도가 흔들어
깨운 것.
공교롭게도 꽃 모양이 거친 제 몸 뚫고 나와
성근 추상(抽象)으로,
꼭, 피어 있다.

납매(臘梅) 아니라도 설중(雪中)에 보는 매화는
어둠 머금은,
전망 밝은 향기를 갖는다고,
나는 돌에 물을 주어서 꽃 빛을 키운다.

돌이 오래 걸려 제 몸에 지펴놓은 걸
바닷물이 닦아 드러낸 매화는
돌 기르는 이가 자주 물 주고
쓰다듬어 키워야
더욱 밝아진다는 말이 있다.

그렇게 멀리서 온 봄을 제 것으로 기르는
겨울이 있다.

저녁의 나무

이제, 노을을 우듬지 위로만
우산처럼 펼쳐 드는 것도
힘에 부친다. 숨어 무성한 잎 흔들며
새들 나직하게 왜치는 소리만이
자신의 시가 아님을 안다.

벗어도 헐벗어도 속속들이
누렇게 바래는 가을.
태풍 가로막던 지난여름의 눅눅한 생각들은
나뭇잎처럼 말라 오그라든 채 떨어져 나간다.

곧 비워진 여행 가방처럼 구석에 내려앉은 마음은
개울물이 여울 만나 북 치며 부르는 노래를
먼 길 떠나보내는 덕담으로만 새기리.

비탈의 참나무처럼 나도 뒤꿈치 든 채
결빙의 땅 밟고 올 우체부 기다릴 뿐.
──세금 고지서들 외에는 당분간 낯선 소식 가져

오지 않으리라,

　이별이라는 말들 이미 너무 많이 서걱대며 떨어져
나가

　나의 발밑에 수북이 쌓였다가

　남김없이 바람에 쓸려 가버렸으므로.

연애 간(間)

점과 점이
마음
내어
선을 이루지만,

참새라도 앉으면
여리게 떨
리는,
저 전깃줄.

바람의 기억들, 그 이후

김 주 연

1

고드름이 새로 언다.

초저녁 처마 끝 벼리는 초생(初生)의 칼.

──「달」 전문

두 행으로 된 이 명편을 비롯하여 여러 편의 명시들을
포함하고 있는 이하석의 새 시집은 청·장년기를 이미 지
난 시인이 이제 '기억'의 문제에 이르고 있음을 보여주는
원숙한 작품들로 가득하다. 시인 자신의 감정이나 생각
을 진술하는 주관의 시가 아닌, 사물에 대한 묘사를 통해
시적 자아를 단정하면서도 박력 있게 객관화해온 시인은
시력 40년에 가까운 시간을 통해서 자신의 세계와 기법

을 완숙의 경지로 끌어올린다. 「달」은 그 하나의 소산이다. 저녁녘에 그 모습을 드러낸 달을 이처럼 산뜻하고 아름답게 그려낼 수 있을까. 그것은 '초생의 칼' 아닌 만년의 지혜와 시선, 이제는 시인의 내공을 부여받은 달 자체의 선연한 자기 선언이라고 할 수 있다. 그러나 이러한 묘사는 단순한 관찰만으로는 이루어지지 않는, 오래된 시간과 연관된 어떤 것, 그렇다, 기억과 어우러지는 세계의 소출이라고도 할 수 있다. 대체 이하석은 어떤 기억을 갖고 있는가. 그는 기억에 대해서 자주 말한다.

저를 띄운
물이
저를 치대는
파도 때문에
언제나 뒤로
흔적을 남기지 못하는
떠밀린
기억들.

———「배」부분

누가 내 입
핥고
간

기억처럼
내 입안에도
구름의 말이
뭉게뭉게
씹힌다.

　　　　　　　　　　　　　　　　　　—「구름의 키스」부분

구름도
한 원인으로 비치지만,
그것도 이내
말라버려
묵은 천둥의 **기억**조차
오래 간직하지 못한 채
희미한 얼룩만 남긴다.

　　　　　　　　　　　　　　　　　　　　—「비」부분

　목욕 후 베란다에 서니, 젖은 **기억**의 안팎이 마르면서 내
게서도 빨래처럼 휘발되는 게 있다.
　사방에 틈이 보이고, 빠져나가려고
　바람 같은 게 내 안에서 부푼 채 펄럭대고 있다.

　　　　　　　　　　　　　　　　　　　—「빨래」부분

　녹슨

것들

죽음 기리는 꽃처럼

붉다.

언덕

아래 바다는

모든 걸

밀어낸

기억을 갖지만,

멀리

나앉아서

파랗게

숨 끓인다.

　　　　　　　　　　　　　　　　──「민들레 쓰나미」 부분

가파르게 서 있는 나무.

지난가을에 무성한 바람의 **기억**들 떨쳐버리고

망각의 비탈로 밀려났다고 여겼는데,

언제 **기억** 되찾았는지,

우리가 미처 발견하기도 전에,

문득 전신이 푸르스름해져 있다.

　　　　　　　　　　　　　　　　　　──「나무」 부분

　꽃에서 꽃으로 이동하는 것들의 길들이 저문다.

다만 사랑의 **기억**만이 잉태를 꿈꾸는 시간.
이미 누기진 숲 저 안에선 어둠이 알을 낳아 굴리는 소리.
바람이 부화를 돕자 달빛도 흔들리며 무늬져
숲 전체가 푸른 산고로 흔들린다.
　　　　　　　　　　　　——「이미 알고 있는 것들에 대한 무지」부분
　　　　　　　　　　　　　　　　　　　　　　　　(이상 강조는 인용자)

　전 6부로 구성된 시집 전반 2부에 집중된 '기억'론은
사실상 이하석 시를 이해하는 핵심어에 해당한다. 그는
과연 무엇을 기억하고 그 기억은 그의 시 구성에서 어떤
역할을 하고 있는가. 그러나 기이하게도 일단 기억의 대
상은 분명치 않아 보인다. 기억은 '무엇을 기억한다'는 타
동사로서 확실한 기능을 하지 않는다. 비교적 분명하게
적시되기는 인용 마지막 시에 나타난 "다만 사랑의 기억
만이 잉태를 꿈꾸는 시간" 정도다. 이 시행에서 "사랑의
기억"은 모든 기억 가운데 가장 또렷할 뿐 아니라 "다만"
이라는 부사가 내포하듯이 거의 그것만이라는 유일성도
지닌다. 게다가 그것은 독자들의 보편적인 공감대와 맞
닿아 있다. 말하자면 '사랑의 기억'쯤 누구나 갖고 있고
기억들 가운데에서도 가장 먼저 떠올리기 쉬운 기억인
것이다. 이 시의 경우, 그런데 그 기억은 하루 해가 지고
저녁이 시작되는 시간과 관계가 있다. 이를테면 황혼인
데 이 시간이야말로 기억을 환기시키는 시간이라는 것이

다. 이 시간을 시인은 다음과 같이 놀라운 묘사로 재현해
낸다. 다시 적어본다.

> 이미 누기진 숲 저 안에선 어둠이 알을 낳아 굴리는 소리.
> ──「이미 알고 있는 것들에 대한 무지」 부분

저녁은 "어둠이 알을 낳아 굴리는 소리"이며, 동시에
"기억만이 잉태를 꿈꾸는 시간"이다. 시인은 바로 이 '저
녁'으로 독자를 초대하면서 자신의 무대가 이 저녁임을
암시한다. 낮도 밤도 아닌 저녁, "어둠이 깃"들며, "하루
가 저무"는 시간. 그 시간에 시인은 기억한다. 그 기억의
대상은, 분명하게 명시되고 있지 않듯이 중요하지 않다.
중요한 것은 기억을 가져오는 이 시간이며, 이 시간엔 명
품 시 「달」이 보여주는 그 달도 뜬다. 이 대목과 관련된
다음 묘사도 일품이다.

> 바람이 부화를 돕자 달빛도 흔들리며 무늬져
> 숲 전체가 푸른 산고로 흔들린다.
> ──「이미 알고 있는 것들에 대한 무지」 부분

하루가 저물고 어둠이 깃드는 저녁, 사랑의 기억이 되
살아남 직한 시간에 '바람'이 등장하여 이 상황에 가세한
다. 그리하여 모든 조건이 하나의 성숙을 가져오는데 그

것이 달빛의 부화다. 달빛은 그냥 떠오른 것이 아니라 어둠과 기억, 그리고 바람이 합세하여 잉태하고 분만한 그 자식이다. 달을 가리켜 "초저녁 처마 끝 벼리는 초생의 칼"이라는 놀라운 표현은 이러한 과정에 깊이 동참함으로써 그 이해가 진전될 수 있다. 저녁 – 어둠 – 기억 – 바람 – 달로 이어지는 과정에서 그렇다면 기억은 무슨 일을 하는 것일까. 이 시에서 기억은 물론 '사랑의 기억'이었는데, 사랑의 기억은 바람이 그 부화를 도운 어둠이라는 알 낳기에 기여한다. 이와 달리 낮은 밝은 시간이며 열심히 일하는 일과 시간, 기억 아닌 현재형이다. 기억은 그러니까 어둠과 짝하면서 지나간 과거를 불러온다. 이러한 회로를 따라가면서 이하석의 기억 전반을 살펴보자.

2

시 「배」에서의 기억은 "떠밀린/기억"이다. 무엇을 기억했다는 내용이 없는, 기억 자체인데 다만 거기에는 "떠밀린"이라는 관형어가 붙어 있다. 떠밀린 기억이란, 기억이 오롯이 자기 형태를 갖지 못한, 그리하여 "흔적을 남기지 못하는" 기억이다 제대로 된 시간과 공간, 혹은 부피와 무게를 주체적으로 확보하지 못한, 일종의 밀려난 어떤 잔재와 같은 기억이다. 그 기억은 기억답지 않다.

「구름의 키스」에서의 기억도 온전한 제 무게를 갖지 않은 기억이다. 그 기억은 "누가 내 입/핥고/간" 것 같은 씁쓸하면서도 순간적인 기억인데, "누가"와 "핥고"가 그것을 말해준다. 그러나 그것은 그냥 비유고, 현실은 "내 입안에도/구름의 말이/뭉게뭉게 씹"힐 만큼 만족스럽다. 이 시는 구름들이 뭉게뭉게 어울려 흘러가는 모습을 묘사한 것인데, 여기서는 비록 불특정 인사인 '누가' 슬쩍 "핥고" 간 수준의 키스에 대한 기억이라 하더라도 그 찰나성이 긍정적으로 묘사된다. 중요한 것은 여기서도 기억은 어떤 시간의 계기가 되고 있다는 점이다.

기억으로 인하여 시간의 계기가 되었다는 것은 무슨 의미일까. 무엇을 기억하는 내용이 부재한, 그저 시간의 계기가 된 기억은 "모든 걸/밀어낸"다. 물론 이 시 「민들레 쓰나미」에서의 바다는 진짜 방사능 쓰나미의 기억을 갖고 있고, 민들레로 장관을 이룬 땅은 그 비유로 기능한다. 이때 기억은 그 두 장면이 접지, 혹은 연결되는 지점이다. "언덕/아래 바다는/모든 걸/밀어낸/기억을 갖지만"은 방사능 쓰나미가 일어났던 실제의 현실이고 그 뒤를 이어 나타난 "멀리/나앉아서/파랗게/숨 끓인다"는 대목은 시의 마지막 부분 "푸른 잎들의/쓰나미"와 짝을 이루는 비유적 표현이다. 말하자면 현실의 기억을 갖고 오늘의 풍경을 보면서 그에 빗댄 표현을 만들어내는 것이다. 이 경우 기억은 역시 시간의 계기가 되는 셈이다. 지나간 현실의 기억과 새로운 현실로의 환기라는 두 시간 사이의 고리가 되고 있는 것이다. 그리하여 「빨래」에서 보이듯이 기억은 마치 빨래처럼 빨래하기 전후의 모습을 함께 보여주는 양면경이 된다.

> 목욕 후 베란다에 서니, 젖은 **기억**의 안팎이 마르면서 내게서도 빨래처럼 휘발되는 게 있다.
> ──「빨래」 부분(강조는 인용자)

내용이 밝혀지지 않은 그 기억은 시인이 "목욕 후 베란다에 서니" 빨래처럼 휘발된다. 그때까지 그 기억은 시인에게 그대로 온존되어 있었다는 것이다. 그 기억은 시인이 목욕을 함으로써 비로소 휘발되는데 그 직전 "안팎이 마르면서" 그 일이 이루어진다. 그렇기 때문에 기억은 아직 '젖어' 있다. 이렇듯 씻지 않으면, 그리고 시간의 범주를 바꾸지 않으면 등장할 필요가 없는 것이 '기억'이다. 말을 바꾸면, '기억'이 개입함으로써 기억은 약화되고 소멸되며, "사방에 틈이 보이고, 빠져나가려고" 한다. 시 「빨래」에서 빨래의 기억이란 물론 빨래되기 이전의 더러운 기억들이며, 빨래들은 그 기억에서 벗어나기를 바란다. 그런데 시인은 여기서 빨래의 이러한 소망의 이유로서 "그때 비로소 바람이 저를 드나들기 때문"이라고 밝힌다. 그러고 보면 이 시 끝 부분에서 시인은 기억이 휘발되면서 "바람 같은 게 내 안에서 부푼 채 펄럭대고 있다"고 적는다. 바람이 드나들고, 바람이 부푼 채 펄럭대기 위해서 기억은 제발 없어져주어야 하는 것이다. 이처럼 지워지기 위하여 존재하는 것처럼 보이는 것이 이하석의 기억이기도 한데, 왜 그는 기억과 기억 지우기 사이에서 시를 쓰는 것일까.

> 그는 어떠한 소식도
> 잘 **지워**버린다.
> 가령 신문지 같은 걸
> 검은색으로
> 덮거나
> 묻어버리는 게
> 아니라
> 아예 **죽죽 그어서**
> 새카맣게
> 만들어버리는 것이다.
> **지우는** 것만이 자신의 권력이고
> 욕망이며
> 이데올로기라는 듯이.
>
> ——「최병소처럼, 지우기」 부분(강조는 인용자)

신문지 등에 '긋기를 통해 내용을 지워가는' 작업을 계속해온 화가를 소개하면서 쓴 위의 시가 보여주는 것은 '지우기'다. 여기서 지우기는 신문지 따위고 기억은 아니지만 시인은 자신의 기억 지우기와 이를 연관시키면서 중요한 메시지를 내놓는다.

> 나도
> 그를 따라
> 나의 것들을 지워보지만,
> 지워질 수 없는 게 지워지지 않도록
> 애써 더 지우는 마음이
> 낯설다.
> 선명한 것들은 잘 지워지지 않지만,
> 지우다 보면 지워진 건
> 쉬 어둠이 된다.
>
> ──「최병소처럼, 지우기」부분

지우고 싶다는 것인지, 지우기 싫다는 것인지 애매하다. 그러나 잘 살펴보면 이 애매함은 시간의 계기라는 기억의 특성만큼이나 소중하고 특징적이다. 먼저 시인은 지우고 싶기 때문에 일단 "나의 것들을 지워"본다. 그러나 지워질 수 없는 것은 지워지지 않도록 배려하면서 애써 더 지우려고 한다. 따라서 그 마음은 "낯설" 수밖에 없다. 그러니까 시인에겐 지우고 싶은 마음과 지우고 싶지 않은 마음이 공존하고 있으며, 그렇기 때문에 기억이라는 문제가 시인의 의식 깊숙한 곳에서 사라지지 않는다. 그 기억은 지우고 싶으면서도 그 소멸이 두려운 시인의 원초 의식을 장악한다. 그리하여 지우려고 할수록 기억은 그 핵심 부분을 오히려 분명히 부각시킨다. 그 핵심이란? 물론 상처다.

> 지울수록 더 선명하게 두드러지는
> 상처는
> 억지로 지우면서 낸 상처와 함께
> 없는 것으로 다루기
> 어렵다.
>
> ──「최병소처럼, 지우기」 부분

"지워진 건/쉬 어둠이 된다"는 진술은 저녁이 되면 어둠이 오고 달이 뜬다는 앞의 시와 견주어볼 때, 어둠에 대한 그의 태도를 애매하게 만든다. 어둠 속에 떠오르는 달맞이의 기쁨과 더불어 어둠 자체가 가져오는 두려움이 함께 느껴지기 때문이다. 왜 두려운가. 어둠은 캄캄한 밤으로 연결되기 때문이다.

> 마침내 그 모든 걸 지우고
> 나면, 지워질 수 없는 것들은

156

지워져서도

더 캄캄한 밤이 된다.

그러면 얼마나 속이

더

어수선해질까?

                        —「최병소처럼, 지우기」부분

   모든 걸(기억, 상처) 지우고 나면 깨끗이 백지가 되리라는 소박한 기대가 이루어지지 않고, 그 자리는 도리어 "더 캄캄한 밤"이 된다는 사실에 그는 전율한다. 밤은 시인의 속을 더 어수선하게 만들 뿐이다. 시인은 마침내 오열하듯이 스스로 자문한다.

온갖 꿈이 서식하는

까만

밤은

또 어떻게 지워버리지?

                        —「최병소처럼, 지우기」부분

   밤이 어수선한 것은 온갖 꿈이 거기에 서식하기 때문인데 시인은 그것을 감당하지 못한다(않는다). 이때 시인이 이런 유의 꿈을 애당초 싫어하는지 여부는 확실치 않다. 아마도 꿈 없이 단순하게 살고 싶은 역설의 소망이 아닐까. 오랜 시력 끝에 원숙의 자리에 이른 시인의 반어적 해방감의 표현일 수도 있다. 나무를 빌려서 그 청춘의 꿈과 달관의 장년, 그 사이를 오가는 고뇌의 추는, 여전히 남아 있고 그 자체가 다시 시가 된다.

> 가파르게 서 있는 나무.
> 지난가을에 무성한 바람의 **기억**들 떨쳐버리고
> 망각의 비탈로 밀려났다고 여겼는데,
> 언제 **기억** 되찾았는지,
> 우리가 미처 발견하기도 전에,
> 문득 전신이 푸르스름해져 있다.
>
> ──「나무」 부분(강조는 인용자)

"무성한 바람의 기억들"이란 말할 나위 없이 젊은 날의 질풍노도와도 같은 꿈과 열정 아니겠는가. 그 기억은 이제 지워졌다고 생각했는데 나무는 아직 여전히 푸른 자신의 몸을 본다. 나무인 시인 또한 마찬가지다. 여기에 오면 '기억'의 정체는 한결 뚜렷해져서 그것이 젊은 날의 꿈과 열정을 모두 포괄하는 타동사이자 동시에 그 목적의 명사임을 알 수 있다. 이제 시인은 그것들을 의도적으로라도 놓고 싶지만, 놓고 난 다음의 밤이 두렵다. 시간의 계기가 되는 어둠은 조금쯤 즐길 만하지만, 곧바로 이어지는 밤은 싫다. 흥미로운 것은, 밤이 암흑이고 끝이어서

가 아니라, 새로운 잡다한 꿈을 실어오기 때문이라는 점
이다. 꿈의 반복? 이하석은 거기서 벗어나고 싶다.

　　나는 바로 보고 말해야겠다.
　　나무는 모든 계절의 끝머리쯤에서
　　망각되거나 의심되어지는 게 아님을,
　　언제나 그렇듯 나무가 선 그곳이
　　모든 계절의 출발점인 것을,
　　나도 그렇게 비탈에 서 있음을.
　　　　　　　　　　　　　　　　—「나무」 부분

　반복에서 벗어나고 싶은 이하석은, 그러나 반복에 머
무를 수밖에 없음을 고백한다. 그도 나무이기 때문이다.
나무의 생명은 반복되고 사람은 그렇지 못하니까 사람은
나무가 아니다. 그러나 이하석은 "바로 보고 말해야겠다"
고 정색한 다음, 나무가 망각되지 않고 선 그곳이 모든 계
절의 출발점이듯이 자신도 그렇다고 선언한다. 그는 그
냥 사람인데도— 아니다. 그는 시인이다. 시인인 그는 나
무다.

3

　1980년 『투명한 속』을 상자한 이후 꾸준히 시작 활동을 해온 중진 이하석이 오랜만에 시집 『연애 間』을 내놓는다. 그는 시인이 영원히 거듭 태어나는 나무일 수 있기를 소망하면서, 그러나 자신은 '저녁의 나무'임을 토설한다.

　　이제, 노을을 우듬지 위로만
　　우산처럼 펼쳐 드는 것도
　　힘에 부친다. 숨어 무성한 잎 흔들며
　　새들 나직하게 홰치는 소리만이
　　자신의 시가 아님을 안다.
　　　　　　　　　　　　　　　―「저녁의 나무」 부분

　자신을 나무에 빗대어 모든 계절의 출발점에 서 있다고 말한 것이 부담스러웠는가. 시인은 문득 "힘에 부친다"는 말까지 뱉는다. 그리고 나무는 나무되 "비탈의 참나무"라고 자신을 구체적으로 제한하면서 오랜 시업(詩業)의 정리를 시사한다.

　　비탈의 참나무처럼 나도 뒤꿈치 든 채
　　결빙의 땅 밟고 올 우체부 기다릴 뿐.
　　　　　　　　　　　　　　　―「저녁의 나무」 부분

그러나 아직 아니다. 무엇보다 그에게는 여전히 그 앞에 불어오고, 그 옆을 지나가는 많은 바람들이 있다. 그 바람은 기억의 둘레에서 일어난다. 앞서 인용된 「나무」는 가장 좋은 보기다. 다시 읽는다.

가파르게 서 있는 나무.
지난가을에 무성한 바람의 기억들 떨쳐버리고
─「나무」 부분

바람은 구체적으로 무엇을 하는가. '바람'이 자주 등장하는 시 「오대산 바람」은 이와 관련된 직간접의 은밀한 발언들로 가득 차 있다.

오대산 바람은 삼나무 높이를 흔들지만,
측량사처럼 오차를 강조하진 않는다.

그늘 무성한 댓바람의 높이는
서어나무 바람보다 낮지만,
삼나무 높이 걸린 마음까지 이르기도 하여
쉬 측랑되기 않는다.
─「오대산 바람」 부분

오대산 바람이라는, 꽤 서늘한 바람 이야기인데 바람이 불고 있는 모습의 묘사가 아니다. 바람이라면 그에 관한 말들도 시원해야 할 터인데 꼼꼼할 정도로 바람을 재고 있다. 그러나 재기, 즉 측량의 결과는 "쉬 측량되지 않는다"는 것. 삼나무 높이에서 서어나무 가까이 이른다고 말하면서 바람의 엄청난 크기를 말하고 있는데, '측량' '측량사' 등의 낱말이 나옴으로써 무언가 측량 가능한 영역으로 바람을 축소시킨 감이 있다. 시인의 의도는 원래 측량할 수 없다는 것 아니었는가. 그렇다면 바람으로 상징되는 시인의 젊은 날 꿈과 열정도 측량 여부의 영역 안을 맴돌던 삼나무와 서어나무 사이의 바람이었던가(하기는 젊은 시인 이하석의 열정은 늘 스스로의 자를 지닌 엄정한 열정인 경우가 많았다). 이러한 정황은 시인 스스로에 의해서도 인정되고 확인된다.

> 절 측량하는 이들 사이에 끼어 내가 탑 꼭대기의 높이를
> 가늠하는 동안에도
> 오대산 바람은 높은 것들 놓아두고 낮게 흐르는
> 계곡물에 스며들 때가 아주 맑다.
> 그 깊이는 하늘빛으로 측량된다.
>
> ──「오대산 바람」 부분

오대산 바람이 부는 그 시간에도 시인은 탑 꼭대기 높

이를 가늠한다. 그러나 그가 발견한 것은 높은 높이가 아닌, 낮게 흐르는 계곡 물에 바람이 스며든다는 사실이다. 시인은 이때 터득한다. 그 "깊이는 하늘빛으로 측량된다"는 것을. 바람에 관한 시인의 기억은 다음 몇 가지로도 나타난다.

　그렇다면 너무 일찍 제 모든 것 풀어내어 **바람**에 늘어뜨린 능수버들 아래서 기다릴 일도, 서럽게, 보류될 수밖에 없다.
―「사월의 눈」 부분

　부도라는 이름의 섬이 있으리.
　바람이 띄운, **바람**이 피운, **바람**피우는, 섬,
　늘 설레어서 갯완두꽃 속 열어놓는
―「섬」 부분

　바람이 부화를 돕자 달빛도 흔들리며 무너져
―「이미 알고 있는 것들에 대한 무지」 부분

　축대 아래 마당은 바랜 기억들
　무성하게 덮여 있다
　축대의 돌들이 얽어 짜고 있는
　침묵의 구조는

바람만이
그늘진 표정으로 읽어낸다.

                                                    ―「빈집」부분

제 안
여미며
읽는 **바깥바람**.
그리하여 제 방적돌기 가동해서
뽑아낸
실을
바람에 띄우면
그 실의 촉수가 닿는 곳에서
제 몸까지가
집
설계의
지름이 된다.

                                          ―「거미 시론(詩論)」부분

바람, **바람**, 검은 팔작지붕 대웅전의 꽃살문 새어나오는
불빛 치대는 바람기에 꽃잎들 하르르 하르르, 별점 치는 내
쪽으로만 불린다.

                          ―「두 채의 성단(星團)」부분(이상 강조는 인용자)

위의 시 인용 부분들을 통해 나타난 이하석의 '바람'은 일종의 조직 원리와 관계된다. 가령 「사월의 눈」에서의 바람은 모든 것을 "풀어내어" "늘어뜨리"는 힘으로서의 바람이다. 바람이 없으면 자연스럽게 풀어지지도 않고 늘어뜨려지지도 않는 것들이 얼마나 많으랴. 「섬」에서의 바람은 한 걸음 더 나아가 창조하는 바람이다. "띄우"고, "피우"는 것이 창조 아닌가. 부도라는 섬은 그렇게 생겨났다. 이때 '피운다'는 것은 개화의 뜻이며, 그것은 결국 생명의 시작을 알린다. 앞서 언급되었지만 부화를 도와서 어둠이라는 알을 낳게 하는 바람도 생명을 촉진시키는 역할을 했다. 이렇듯 생명과 창조의 기능을 가진 바람은 육체와 물질의 범주 한 단계 위에 올라서 정신과 역사라는 상징적인 범주에서도 동일한 기능을 행한다. 「빈집」에서의 바람이 그 일을 한다. 축대라는 침묵의 구조물의 구조를 읽을 줄 아는 힘도 역시 바람의 몫이라는 것이 시인의 생각이다. 누가 그 단단한 돌들을 건드릴 수 있는가. 바람은 오랜 세월에 걸쳐 그 돌들마저 변경하고 재생시킨다. 그런가 하면 「거미 시론」에서의 바람은 적극적으로 조직 원리에 가담한다. 바람은 여기서 "제 안/여미며/읽는 바깥바람"으로 출현하여 방적돌기 가동해서 뽑아낸 실을 받아기는 역할을 힌다. "실을/바람에 띄우면"이라고 했는데 이것은 일종의 차원 돌파다. 실은 방적돌기에서 뽑아냈지만, 바람이 실어 나르지 않으면 옷감으로 가는 길이 열리지 않는다. 이러한 역학을 이 시는 "그 실의 촉수가 닿는 곳에서/제 몸까지가/집/설계의/지름이 된 다"고 적는다. 그것은 다름 아닌 시 구성의 원리가 된다. 바람이 지닌 이러한 원리의 힘은 이하석에 있어서 매우 특징적이라고 할 수 있다(젊은 날의 광물적 이미지가 연상 되기도 한다). 시에서의 바람은 일반적으로 바람 자체의 속성, 즉 바람이 불면서 사물이 움직이고 그것의 강도가 높아질 때 파괴의 현상이 나타나는 것으로 표현되는데, 이하석의 경우에는 오히려 사물들의 자리를 잡아주는 것 이 바람으로 부각된다. 그럼으로써 사물들은 원래의 개 별적 모습보다 훨씬 세련된 어떤 상황으로 그 위상이 높 아지는 형상이 된다. 지금까지의 예문들이 그렇게 읽히 거니와 별무리의 모습을 그린 「두 채의 성단」은 또렷한 형상을 아름답게 만들고 있는 예다. "검은 팔작지붕 대웅 전의 꽃살문 새어나오는 불빛"과 바람을 화합시키면서 생겨나는 별들의 무리는 바람의 준수한 자녀들인 셈이 다. 이하석의 바람은 그러므로 동요와 파괴가 아닌, 생성 과 조화 — 생명의 능력인데 왜 그는 그 기억을 지우고 싶 어 하는 것일까. 성급한 결론으로 뛰어오른다면, 그는 그 기억을 지우고 싶은 것이 아니다. 반대로 그는 희미해져 가는 이 기억이 아쉬운 것이다. 그러기에 이 둘 사이에서 떨리고 있는 마음을 이렇게 술회하지 않는가.

점과 점이

마음

내어

선을 이루지만,

참새라도 앉으면

여리게 떨

리는,

저 전깃줄.

─「연애 간(間)」 부분

    모든 아름다운 시들이 그렇듯이 이하석의 시도 떨리는 전깃줄인 것이다. 날이 갈수록 오히려— 바람의 기억을 붙잡고 그는 흔들리고 있다. ▨